JN203728

ここはにじのしま

たぬきときつねのこどもたちが
くらしています
はまべから　のはらから　はやしのこみちから
こどもたちの　げんきな　こえが
ひびいてきます

おや？　たのしそうなおしゃべりがちかづいてきます
きっと　たろときっつ！

たろはたぬき きっつはきつね のこどもです
おひさまが たかくなって
さあ おえかきのじかんです

おきにいり の ふで や いろえんぴつをもって
じゅんびばんたん！

たろと　きっつや
たぬきときつねのこどもたちの　おえかきを
のぞいてみよう
そろそろみんなかけたかな？

せーの で みせあいっこ！

『ここ いってみたい』
『ここ たのしそう』
と えをみながら おおはしゃぎ

さぁ みんなで
えのせかいの ぼうけんだ

たぬきときつねの
こどもたちの さいしょの ぼうけんは……

ここは おはなとおひさまのくに

おなかいっぱい リンゴをたべて
おはなやおひさまと いっしょにあそんで
だいまんぞく
つぎにいったのは……

おと や こえ が かたちになる あおいせかい
ここでは しずかにすごすのがマナー
まんぷくのときには
ちょうどいいね
たろときっつも しずかにしてるね
もしかして ねちゃってるのかな？

さいごは……

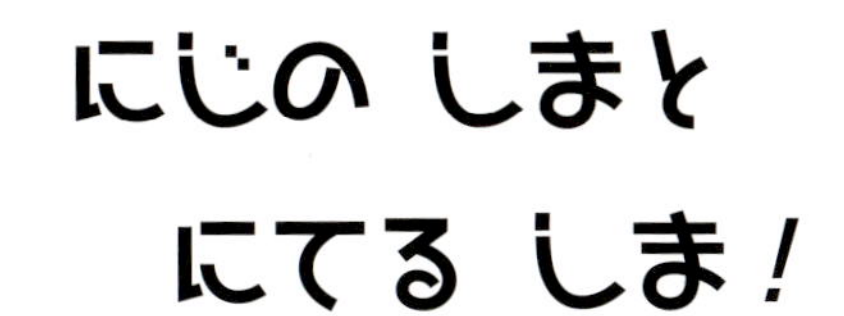

ぼうけんは たのしかったけど
もう くたくた
やっぱり おうちがこいしいな
にじの すべりだいで
にじの しまに かえりましょう

どんなせかいを　ぼうけんしても
たぬきときつねのこどもたちは
おんなじようにわらってる
みんなで　えをかくと
いろんなせかいが　みえてきて

みんなのかずだけ
たのしいせかいが　ひろがって
えがおが　どんどん　ふえてって

みんなが
しあわせに
なるのでした

おしまい

さあ ここから きみのページが はじまるよ

あれ？ たろときっつがきみのことみてる

もっとおえかきしたそうにしてるね

たぬきときつねの
こどもたちは

おいしいものが たくさんあって
うみに にじがかかっている
きれいなけしきをかきました

あこがれのばしょです

きみもいまいってみたい あこがれのばしょを
つぎのページにかいて

たろときっつに おしえてあげてね

むずかしかったら
いま いちばんすきなものを
かいてもいいよ

きみの えを かいてね

あとがき

かいてくれて ありがとう
これは きみと いっしょにつくった
えほん に なったね

絵本作家　永井みさえ・高原かずき

えほん de みらいの活動報告

絵本制作第2弾

あとがきにかえて

ぼくたち神奈川県の児童養護施設の子ども達から名前をもらって

『えほん de みらい』の活動第１弾として絵本『てをつなごう』が完成しました。

えほん de みらいとは？

児童養護施設の子ども達と協力して絵本をつくる「参加型」のボランティア活動が「えほん de みらい」です。多くの方にご協力いただき、活動の第１弾としてこちらの絵本『てをつなごう』を完成することができました。たくさんの想いをもとにできたこの絵本が、自分自身の大切さに気づくきっかけになれば嬉しいです。

高原かずき・永井みさえ

平成27年6月8日（月）の神奈川県社会福祉協会　児童養護施設　施設長会議にて紹介させていただいた【えほん de みらい】（児童養護施設の子ども達に力を借りて絵本をつくる活動）の絵本制作企画、第2弾の絵本は、前企画の際にいただいた、下記の名前のタヌキとキツネがみんなでいろいろな国を冒険する物語です。

『たぬきの名前』

たろ　ぽんちゃん　たぬきち　ポンポ　ぽんた　タンタちゃん
スマイル　バンちゃん　たっくん　たんこぶ

第2弾の舞台です

『きつねの名前』

きっつ　ツネちゃん　つねきち　キッツ　こんこん
キン君　ハッピー　でんでん　あぶらあげ　ろこ

まずは……御礼をさせてください!!

多くのかたのご尽力や助言のおかげで、【えほん de みらい】制作絵本第1弾として【てをつなごう】という絵本を完成することができました。改めて御礼申しあげます。制作に携わってくれた子ども達の笑顔がみられたことがなにより嬉しかったのですが……

制作絵本第1弾
【てをつなごう】

もう一つとびきり嬉しいことがありました。

活動の趣旨を聞いて、活動にご協力くださった方が、たくさんいらっしゃったということです。

知るということの重要さ～児童養護施設ってどんなところ ?? ～

【えほん de みらい】の活動にご協力いただいた方の中には『児童養護施設ってどんなところ？』といった質問からはじまった方もいらっしゃいました。『なんらかの事情で、家庭から離れて暮らしている子ども達が生活している場所』といった説明をすると『なにか手伝えることはないか？』と、多くの方が歩み寄ってくださいました。また『児童養護施設の子どもってどんな子？』といった旨の質問もたくさんいただきました。【えほん de みらい】の活動や学習支援を通じて、多くの児童養護施設で生活している子ども達と交流できました。もちろん『児童養護施設の子ども』という子はおらず、一人一人、全く違った子達で、それぞれに素晴らしい子達だと、それもまた世間に知っていただきたいなと思いました。

「児童養護施設の子ども」という子はいない !!

『児童養護施設の子ども』というカテゴライズが、子ども達の不利益になっているのではという話を聞きました。例えば、児童養護施設を建設する際、地域の方から児童養護施設の子どもと自分の子どもを同じ学校に通わせたくないといった意見が出ることがあるようです。そういった偏見は、児童養護施設について知っていただくことで、改善、解決に向かうのではないか、と思いました。自分たちもこの活動を始める前と後では、児童養護施設で生活している子ども達に対する意識が変わったと思うからです。 絵本という形にすることで、児童養護施設に全く興味のなかった方が、絵本に出会って興味を持っていただけるきっかけにもなるだろうと、この活動を続けていく意義と理由を感じた次第です。

この思いを絵本に !!

この第２弾の絵本は制作から児童養護施設で生活している子どもと、家庭で生活している子どもが協力して一冊の絵本を作るということに挑戦しました。みんなで作ることができたこの『もうひとつのにじのしま』には、『世間でいろいろ言う人はいるけれど、ここではみんな、絵本を作る仲間だよ。』というメッセージをこめてあります。それが先ほどの偏見の解消や、ひいては子ども達の未来や幸せにつながるよう願っています。

次のステップに向けてご協力お願いします !!

この活動は私達だけでは到底叶わず、みなさまのご協力のもとでできています。子ども達に名前をつけてもらったタヌキ・キツネの絵本をこれからも作っていきたいと思います。絵本作成にもしご興味のある方がおられましたら、お気軽にご連絡をいただければと思います。想いのある方や、児童養護施設と一緒に、子ども達の未来を明るくする絵本を一冊でも多く作っていくことを続けていけたらと思います。ご連絡をお待ちしています。

えほん de みらい
高原　かずき
永井　みさえ
e-mail buttercat.tk@hotmail.co.jp

福祉タイムズ

2016 4

No.773

編集・発行 社会福祉法人神奈川県社会福祉協議会

特集（2～4面）

県社協活動推進計画＆平成28年度事業計画・予算

▶今月の表紙

みんなで幸せになろうね

児童養護施設の子どもたちと一緒に作った絵本『てをつなごう』を持って、書店で読み聞かせをする「えほんdeみらい」の高原和樹さんと永井みさえさん。「みんなで幸せになろうね」。絵本に込めた願いを伝えている。

【詳しくは12面へ】

〈撮影・菊地信夫〉

子どもたちに明るい希望と未来を伝えたい

えほんdeみらい

「きみも　もしかしたらひとりぼっちで　よわむしかもしれないけど　みらいには　たのしいことも　たいせつなひとも　まっているかもしれない」（原文ママ）。

絵本製作ユニット「えほんdeみらい」が製作した『てをつなごう』は、主人公のたぬきの「たろ」ときつねの「きっつ」が出会いを通して、未来は明るいこと、一人ではないことに気づいていく物語。

作者の高原和樹さんと永井みさえさんは、社会人になって始めた児童養護施設での学習ボランティアをきっかけに、子どもたちが将来に対する不安を抱えていることを知り、絵本を通してメッセージを伝えたいと思いました。

製作を進めていく内に、一方的に作るのではなく、「子どもたちが参加することで、心の成長につながるきっかけになってほしい」と施設職員からの助言を得て、主人公の名前を子どもたちに付けてもらうことにしました。本会児童福祉施設協議会を通じて募集したところ13の児童養護施設から名前の候補が上がり、その中から名前が選ばれました。

平成27年10月に発行し、施設がある地域の書店に置いてもらえるよう働きかけています。書店回りをする高原さんは「子どもたちが、自分たちも関わった絵本を、近くの書店で見つけて、自信につながってくれたら」と語ります。

また、「周囲が児童養護施設のことや子どもたちの日常の様子を知らないことで、子どもたちの普段の姿があまりにも知られていないことに改めて驚きました」と永井さん。絵本を広める中で、親元で暮らすことができない子どもたちの現状が知られていないことに気づいたと言います。

「周囲に正しい理解が広がるように絵本を活用してほしい。絵本を持って読み聞かせの活動を行うほか、今後は子どもたちと物語を作ってみたい」とお二人は今後の抱負を語ってくださいました。

（企画調整・情報提供担当）

「えほんdeみらい」の高原和樹さん（右）、永井みさえさん（左）
普段、高原さんは製薬会社で働き、永井さんは絵本作家として活動している

取材の日は商業施設の書店で読み聞かせ会が行われた。終了後も会場に残った子どもたちと絵本を読む二人

絵本の表紙。たろ（左）ときっつ（右）の笑顔が並ぶ

◆えほんdeみらい
URL http://ehon-de-mirai.com/

◆次回読み聞かせイベントのご案内◆
『扇町BOOKふぇすてぃばる』
平成28年5月14日（土）11：00～17：00（参加無料 事前申込不要）「海老名駅西口中心広場」「プロムナード（西側）」（海老名市扇町）詳細は↓にて随時発信されます。http://www.ebina-ougi-cho.jp

「福祉タイムズ」は、赤い羽根共同募金の配分を受けて発行しています

【発行日】2016（平成28）年4月15日（毎月1回15日発行）　【編集発行人】新井隆
【発行所】社会福祉法人神奈川県社会福祉協議会　【印刷所】株式会社神奈川機関紙印刷所
〒221-0844　横浜市神奈川区沢渡4番地の2　☎045-311-1423　FAX 045-312-6302　Mail kikaku@knsyk.jp

ご意見・ご感想をお待ちしています！
バックナンバーはHPから
神奈川県社協

「関心高めたい」
養護施設の子と絵本制作

神奈川県

神奈川県内の児童養護施設で暮らす子どもが名付けたキャラクターが登場する絵本「てをつなごう」が2015年10月に発売された。制作した高原和樹さん（27）と永井みさえさん（25）は、活動を通じて児童養護施設の認知度を高めたいという。

普段、高原さんは製薬会社で働き、永井さんは絵本作家として活躍する。本職は福祉関係ではないが、15年1月から県内の児童養護施設で学習ボランティアを始めたのをきっかけに、施設の職員から子どもたちは育った環境から自分を否定しがちという話を聞いた。

「子どもたちがもっと自分を好きになれるような絵本をつくりたい」。高原さんと永井さんは「えほんdeみらい」というユニットを組み、制作を始めた。

子どもが自信を持つには役割を担うことが大切という職員のアドバイスを踏まえ、今作は絵本に登場するたぬきときつねの名前を、施設の子どもに付けてもらうことにした。

同県社会福祉協議会を通じて33施設から名前を募ったところ、13施設から名前の候補が上がり、その中からたぬきは「たろ」、きつねは「きっつ」に決めた。たろの名付け親になった4歳ほどの子は「ありがとうございました」と大きな声でお礼を言ったという。

たろときっつを手に持つ永井さん（左）と高原さん。写真左は、絵本「てをつなごう」の表紙

絵本は、たろときっつがアイドルやスポーツ選手らに出会い、輝いて見える人も、昔は失敗を繰り返したりつらかったりした過去があると気付く物語。「たとえ今うまくいってなかったとしても、未来を否定しないで」というメッセージを込めた。

ただ、絵本完成後、高原さんが同僚らに活動を紹介したところ、絵本の内容などより「そもそも児童養護施設って何？」とよく聞かれたという。

高原さんは「絵本はどんな人も入れる本屋にある。『てをつなごう』をきっかけに、施設に関心を持ってもらいたい」と話す。

次回作は施設の子や一般家庭の子が関係なく集まる場で「たろときっつは、次はどうなるだろう」と一緒に考えながら作る予定だ。

問い合わせは「えほんdeみらい」のウェブサイト（http://ehon-de-mirai.com/）まで。

タウンニュース®
株式会社タウンニュース社 ☎046-262-2611(代) FAX046-265-2555 海老名編集室・〒242-0004大和市鶴間1-21-8沖津ビル2F http://www.townnews.co.jp 発行責任者／宇山 知成 編集長／室野 義之

中央在住 高原さん

「絵本の主人公に命名を」

養護施設の児童に呼掛け

児童養護施設の子どもたちが役割を持つことによって自己肯定する力を養ったり、絵本に携わることで未来を想像するきっかけを得てもらおうと、市内中央在住の高原和樹さん（27）らが、製作した絵本のキャラクターの名前を命名してもらおうと企画している。

模索の末 本製作

高原さんは製薬会社に勤めるごく普通の一般市民。しかし昨年秋、海老名市立中央図書館に「書評を対戦させる」という他エリアで人気のイベント開催を提言し、これを実現。市民多数参加の下、成功を収めるなど市内でもユニークな存在として知られている。

昨年12月からは県内の児童養護施設に学習支援ボランティアとしても従事。活動を通じて養護施設に暮らす児童の大半が虐待やネグレクトによって入所し、愛情不足から自己否定に陥る子が多い現状を知ると「何かできることはないか？」と模索。ともにボランティア活動をしている絵本作家の永井みさえさん（藤沢市在住）と協力し、自己存在の肯定を意識してもらう「絵本」の製作に着手した。

協力者の永井さん（左）と笑顔を見せる高原さん（右）

県下32施設で公募

「出来ない事があっても明るい未来がある」という作者からのメッセージが盛り込まれたこの絵本のタイトルは「てをつなごう」（A4サイズ・24ページ仕様）。

今後は県内32の児童養護施設で、主人公のたぬきときつね=**写真**=の名前を公募し、施設ごとに命名。それぞれ名前の異なる主人公を作中に登場させる。

今回、公募制にした理由については「施設内での相談などを通じて物事を自発的に決定する力や、施設外への関心を高め、児童の成長を促すため」と説明。完成した絵本は1千部出版して施設に提供するほか、市内店舗や企画中のイベント等で販売される予定。売上げは寄付に充てるという。

高原さんは「一生懸命考えたことは否定されるべきではなく、形に残してあげたい。ひとりでも多くの子ども達が明るい未来を想像したり、夢を持つきっかけになれば」と期待している。

えほん de みらいの第一作目の絵本『てをつなごう』制作時にいくつかのメディアに取材いただきました。ここに収載している記事以外に**2015年10月12日の神奈川新聞**さんでもご紹介いただきました。

また今回の絵本制作にあたり、**ehon navi（絵本ナビ）**さんに取材していただきました。とても内容の濃い記事です。ehon navi さんのHPにてご覧いただけます。『ehon navi えほん de みらい』で検索いただけますと幸いです。

ご協力くださった方々

相模原南児童ホーム　所長　曽我 幸央様

あすなろサポートステーション　所長　福本 啓介様

そだちとすだち　運営　川瀬 信一様

杉並学園　園長　麻生 信也様

子どもの虹情報研修センター　研修部長
オレンジリボンたすきリレー実行委員長　増沢　高様

『もうひとつのにじのしま』の制作にあたりまして、鎌倉児童ホーム・心泉学園・相模原南児童ホームのお祭りにて絵本制作のイベントを開催させていただきました。
そこで出会った子ども達に絵を描いてもらったから、この絵本が完成できました。
ここに改めて感謝申しあげます。
また、えほん de みらいの活動に共感いただき、ともに絵本を制作する仲間になってくださった銀の鈴社のみなさんにも、言葉では言い表せない感謝ばかりです。

みなさん、本当にありがとうございました！

たろときっつのいろんなめ

〈えほん de みらい〉紹介

高原かずき

1988年5月11日、横浜市で生まれ、北里大学卒業後、小野薬品工業に勤める。仕事の傍ら横浜市、海老名市等の図書館や相模原市の児童養護施設にてボランティアを行う。今回、児童養護施設の子どもたちと一緒に絵本を作成する団体「えほん de みらい」を発足し、その代表を務める。

永井みさえ

1990年生まれ。高知、東京を拠点に活動。えほん de みらい の絵を担当する。『二胡の橋』（文芸社）、『にじいるか』（南の風社）、『ぼくとケールおに』（南の風社） 他、 多数出版。 キャラクターデザイン、 教材挿絵、 CD ジャケット、 Tシャツデザインなどでも活動中。

NDC726
神奈川　銀の鈴社　2018
36頁　25.7cm（もうひとつのにじのしま）

もうひとつのにじのしま

2018年9月1日初版発行
本体1,800円＋税

著　者　高原かずき©　絵・永井みさえ©
発行者　柴崎聡・西野真由美
編集発行　㈱銀の鈴社　TEL 0467-61-1930　FAX 0467-61-1931
〒248-0017　神奈川県鎌倉市佐助1-10-22 佐助庵
http://www.ginsuzu.com
E-mail info@ginsuzu.com

ISBN978－4－86618－044－1　C8093
落丁・乱丁本はお取り替え致します
印刷　電算印刷
製本　渋谷文泉閣